KB214124

종소리가 밀려오네

종소리가 밀려오네

문혜관 외

불교문예작가회 사화집 006

불교문예

차례

1부

권혁수	열대야	10
권현수	지금을 찾아서 2	12
김동임	운판소리	13
김밝은	참, 눈물겹기도 하지	14
김보민	오지 않는 계절	15
김서희	씨앗	16
김선아	봄비가 물었다	17
김선희	평화가 비어 있다	18
김소월	나의 집	20
김수원	바람의 지도	21
김시림	봄을 지나다	22
김용락	마곡사 반가사유상	24
김용옥	따뜻한 곳	25
김추인	그대, 아다지오로	26
김혜주	곁	27
나고음	젖은 길상사에서	28
노천명	작별	29
문혜관	고향 회상	30
박병대	휘날리는 열반	32
박분필	오체투지	34

2부

박수빈	아스파라거스	36
박신영	부응符應	37
박 향	장수 사진	38
손정애	돌뿌리	39
승 한	장갑 한 짝	40
신서영	엄마니까	41
양윤선	길 위의 유세이	43
여동구	눈 내리는 밤	44
우정연	그대가 주인	45
유병란	빈 바다	46
유준화	만남	47
유회숙	서시序詩	48
윤동주	서시序詩	49
윤소암	천 개의 바람	50
이 경	구경꾼	51
이경란	나의 다짐	52
이경숙	나는 술래야	54
이민자	밀물	55
이서연	가을 노을에 서면	57
이석정	달빛 옷	58

3부

이소율	누에	60
이아영	꽃잎에 쓴 편지	62
이육사	마음의 바다	64
이청화	침묵을 읽는 입	65
이형근	경經	66
이혜선	청보리의 꿈	67
이희국	11월	69
일 선	향상일로	70
임솔내	내 안에	71
임술랑	원추리	72
임완숙	감자 캐기	73
임현리	불영사	74
장유정	단풍	75
장준분	초파리와 춤을	76
전성재	가을 살 수 없나요	78
전인식	레드퀸 효과(RED QUEEN EFFECT)	80
정금윤	고목의 가계	82
정복선	품다, 비어있으나	84
정영선	여권 사진	85
조오현	허수아비	86

4부

주경림	구름문양청자햇무리다완	88
진 란	분홍의 소음과 문장뿐인	89
채 들	그대역	90
천도화	가시연꽃	92
천지경	눈빛	93
최대승	보리암 가는 길	94
최법매	잠시 멈추어 서서	95
최화영	여름 한낮의 꿈	97
하순명	순천만 오후	99
한명희	산길	100
한성근	겨울 아침	102
한용운	꽃이 먼저 알아	103
한이나	봉산산방	104
해 강	산으로 간 고래	105
허정법종	홍진사에게	107
허정열	터널의 시간	108
현 중	탁발	110
홍숙영	귀가	112
홍의선	검은 점 빼내기	113
황정산	바지랑대의 하루	114

1부

열대야

권혁수

꽃을 피우려는 손바닥선인장 화분이
거실 벽 아래 놓여 있다

지난겨울 사막으로 떠난 털보친구의
사진도 거실 벽에 걸려 있다

손바닥선인장 줄기엔 가시가 박혀 있고
털보친구의 얼굴엔 수염이 수북하다

창문으로 날아드는 여름 햇살
멍들고 지친 몸
성자의 눈빛 같은 가시투성이 시선
손바닥선인장과 털투성이 사내의
욕망이

내 몸에 촘촘히 들어와 박힌다

나는 손바닥선인장 뿌리에 희망을 붓고 털투성이 친구의
슬픔 모르는 얼굴을 어루만져준다

가시 없는 선인장 되어

지금을 찾아서 2

권현수

나의 '지금'은 여기에 있고
너의 '지금'은 거기, 안드로메다에 있어서
너와 나, 여기가 거기
250만 년을 함께 하였구나

안드로메다를 보고 있는
지금 여기에서.

운판소리

김동임

삼천배
몸뚱어리 우그러뜨린,

땡!
땡!
땡!

부끄러운 나는
숨을 곳이 없네

참, 눈물겹기도 하지
— 선유도에서

김밝은

밀어내도 밀어내도 마음만은
무작정 아득해져서

홀로 선 바위도 섬 하나가 되고
떨어진 꽃 한 송이도
한 그루 나무의 마음이 되지

비를 붙들고 걷는 사람을 꼭 껴안은 바다는
열어젖힌 슬픔을 알아챘는지
흠뻑 젖은 그림자로 누워 있네
아무리 생각해도

섬과 사람 사이
사람과 사람 사이

참, 눈물겹기도 하지

오지 않는 계절

김보민

가로로 갈라진 마음처럼
나무가 깊게 박혀 있다

거울을 보며 빗질을 하다가도
아이폰 속 세상을 검색하다가도
문득문득 명치끝이 저려온다

산다는 건
여물을 먹어야 하는 토끼처럼
당근을 먹어야 하는 원숭이처럼
억지로일 때가 있다

오늘은
당신이라는 별자리에 앉아
오지 않는 계절을 꿈꾼다

저만치 당신의 손을 놓친 가을이 멀어져간다

씨앗

김서희

갸륵한 완성이자
신비로운 출발점
윤회의 한 가닥

봄비가 물었다

김선아

정말 몰라서 묻는 건데요
저 산벚나무
지는 꽃잎
한나절만
뺨 대고
가만히
있고
싶
은
데

한나절만 울음 그치고 싶은데 안 될까요?

평화가 비어 있다

김선희

비수구미 마을을 지나 강을 건너
화천 민통선 평화의 댐을 보았다

댐에는 평화가 보이지도 들리지도 않는다

분쟁 중인 국가에서
탄피를 모아 녹여 만든
세계 평화의 종

일만 관의 종에
한 관의 비둘기 날개가 따로 떨어져 있다
통일되는 날
한쪽 날개가 완성된다고 한다

퍼덕거리며 날지 못하는 날개 잘린 비둘기
타종 소리가
내 심장을 두드린다

산을 넘던 저녁 해가

비둘기 날개에 머물고 있다

나의 집

김소월

들가에 떨어져 나가앉은 메 기슭의
넓은 바다의 물가 뒤에
나는 지으리, 나의 집을
다시금 큰길을 앞에다 두고
길로 지나가는 그 사람들은
제가끔 떨어져서 혼자 가는 길
하이얀 여울턱에 날은 저물 때
나는 문간에 서서 기다리리
새벽 새가 울며 지새는 그늘로
세상은 희게 또는 고요하게
반짝이며 오는 아침부터
지나가는 길손을 눈여겨보며
그대인가고 그대인가고

바람의 지도

김수원

임종을 앞둔 아버지의 발바닥을 본다
바람을 밟고 다녔던 그곳엔
어둡고 습한 천상열차분야지도가 있었다

하늘의 지도를 만들려고
가장 높은 바닥을 그렸지만
가장 낮은 바닥을 딛어야 하는 숙명

발이 밟았던 바람의 지도를
별자리로 바꾸는 아버지는 연금술사였다

산다는 건 별자리를 찾는 일이어서
깜박이는 발가락을 펴 보는 것이어서
지도를 그리는 일은
발바닥부터 뜨거워지는 일이다

봄을 지나다

김시림

유채밭을 빠져나온
흰점박이꽃무지 애벌레 한 마리

온몸으로 바닷가 축대를 오르고 있다

이리저리 더듬어가며
오르다가 또그르르 굴러떨어지고
또 오르다가 떨어지고

저기 유채꽃들이 그를 안타깝게 바라본다

굴곡진 평생을 왔다가 돌아가고
갔다가 다시 오는 일을 그저 반복하는 파도들

오늘은 흰 울음을 풀어

안개 낀 해변에 벗어 놓은,

더듬거리며 여기까지 온 내 발자국들을

돌돌 말아 흔적도 없이 걷어간다

오래전 봄을 지나온 나는

어디만큼 왔을까

마곡사 반가사유상

김용락

불교 동계수련회 참가하는 큰딸아이
태화산 마곡사 일주문 비낀 계곡에
두꺼운 얼음이 꽁꽁 얼어 있다
겨울 초저녁 땅거미 속 흰두루미 한 마리
외발로 서서 고개를 외로이 꼬고
그냥 하염없이 서 있다
백제百濟의 하늘에서 온 별빛과
오늘 범종루 불빛 한없는 우주 공간에
서로 마주보며 아득한데
대광보전, 5층 석탑, 범종루와 절 앞 넓은 마당
잎 진 나무의 앙상한 가지 밑을
고개 숙여 다 돌고 하산하는 길에도
두루미는 어두운 얼음 위에 외발로 서 있다
성聖과 속俗, 생의 옹이진 윤회의 난간을
쉬이 떠나지 못하는 건 어느 누구의 숙명인가
그 모습 음화陰畵처럼 오래오래
나를 붙잡고 숨을 막는
초겨울 마곡사 흰두루미 부처

따뜻한 곳

김용옥

폐역이 된 부산진역 광장에는
매일
매일
따뜻한 바람이 분다

한 끼의 밥과
따뜻한 국그릇을 들기 위해
남루를 걸친 사람들이
하염없이 줄 서 있다

슈베르트의 가곡처럼
아름다운 연인처럼

그대, 아다지오로

김추인

생生 하나가 저물고 있다

노을처럼 좀 아름답게
노을처럼 좀 서럽게
해거름 들녘
지친 새 한 마리 돌아가고 있다

깃털 끝, 엷은 어둠을 묻혀 이마 건너
젊은 날 바람을 돌아보며
한세상 그래그래 눈감아도 주며

울음 같은 건 삭이고
울분 같은 건 눅이고
여리게 좀 더 느리게
생 하나가 저 혼자 저물고 있다

지평선 쪽으로 해지는 쪽으로

결

김혜주

바흐 할머니가 떠나면서 놓고 간 모양이다. 집 안으로 들어와 가방도 내려놓지 않고 베란다 앞에 선다. 밖은 찬 바람 불지만, 햇살 받은 동백나무에 꽃망울이 맺혀 있다. 나는 귤을 꺼내 들고 양 겨드랑이 사이로 손을 찔러 넣는다. 희한한 일이다. 차갑고 딱딱했던 귤이 시간이 흐를수록 말랑해진다. 귤과 나 사이에 면역이 생긴 거다. 누구에게 결을 내준다는 일은 자신의 시간을 내놓는 일이다. 안달복달 조급하게 분초를 다투었던 내 모습이 스친다. 오히려 있는 그대로 다가와 내게 이웃이 된 할머니에게 갚지 못할 빚을 진 셈이다. 천둥벌거숭이로 서울살이하면서도 미처 깨닫지 못한 점이다. 나는 입김을 불며 귤 한 조각을 입에 넣는다. 하나가 둘이 된다. 여럿이 겹친다. 알갱이가 톡톡톡 입 안에 수없이 쏟아진다. 춥고 서운했던 마음이 그제야 따스해진다.

　　― 수필, 「결」 중에서

젖은 길상사에서

나고음

부처님보다 백석과 자야를 더 생각하며
눈이 푹푹 나리지도, 하얀 당나귀가 울지도 않는
비 오는 유월 어느 날 길상사에 갔다

열려 있는 일주문
어머니 엷은 미소로 반겨 주시는 관음보살 앞에서
비 때문인가, 울컥한 마음
열리지 않았던 그 마음을 보셨는지
관세음보살 지장보살 협시한 극락전 아미타불 앞
더 깊어진 부처님 미소에 화분 속 연꽃이 따라 웃는다

육신의 옷을 가장 잘 벗는 길을 알려주신 법정스님은
진영각 낡은 장삼 속에서 말이 없고
도회 속 젖은 산사를
빗소리 따라 걸었다

작별

노천명

어머니가 떠나시던 날 눈보라가 날렸다

언니는 흰 족도리를 쓰고
오라버니는 굴관을 차고
나는 흰 댕기 늘인 삼또아리를 쓰구

상여가 동리를 보고 하직하는
마지막 절하는 걸 봐도
나는 도무지 어머니가
아주 가시는 것 같지 않았다

그 자그마한 키를 하고…
산엘 갔다 해가 지기 전
돌아오실 것만 같았다

다음날도 다음날도 나는
어머니가 들어오실 것만 같았다

고향 회상

문혜관

학다리 벌판에 살랑살랑 벼들이 춤추면
뜸부기 뜸북뜸북 울던 곳

학교천에 흐르는 강물 따라
잉어 뱀장어 망둥이 보리숭어가 뛰놀던 강

사포나루 지나 목포항 더 멀리
태평양 인도양 대서양을 향해
푸른 꿈 안고 흐르던 고향의 강물

뚝방길 따라 쑥과 냉이 캐던 봄 소녀들
소 뜯기던 소년은 보리피리 불며
저 멀리 사라지는 서울행 열차에 가슴이 두근거렸지

구로동 방직공장에 자리 잡은 순희
깨알 같은 글씨로 고향의 그리움을 실어 보내던

곡창산 고향집 울타리 매화

꽃으로 전해오던 마음

용천사 둘레에 상사화 피어나면

아련한 전설을 파도처럼 읽고 지나가는 구월의 바람

휘날리는 열반

박병대

황토밭길을 걸었어요
자갈밭길도 걸었어요
가시밭길까지 걸었지요
살아야겠다고

한 걸음이 쌓여 황토밭 다져지고
두 걸음이 쌓여 자갈밭 돌멩이 쌓고
세 걸음이 가시밭 가시덩굴 뒤덮었어요
울울하게 일어선 가시탑

눈물 젖고
땀에 젖고
피에 젖은 잠뱅이
우적 도려내어 깃발 만들었어요

무주공산 만월 휘황한 밤
자박자박 달빛 밟으며

가시탑 우듬지에 깃발 꽂았어요
달그림자 길게 늘어졌어요

새벽 어시장 팔딱이는 몸짓으로
열반이 몸부림칠 때마다
깃발은 힘차게 휘날렸어요
가시가 털려 나가고 있었어요

오체투지

박분필

비 온 뒤 보도블럭에 지렁이들이

온 몸을 붓 삼아 상형문자를 기록한다

쓰다가 발에 깔려 문질러진 놈

토막토막 여며지건 말건 기어가는 놈

햇살 쪼이면 순식간에 미라가 되고 말걸

오로지 죽음을 향해 오체투지 하는

저 봄날의 장렬한 육박전 같은 몸부림은

화려한 사육제 같은 저 몸부림은 누구더러

과연 누구더러 읽으라는 아득하고

까마득한 메시지일까

2부

아스파라거스

박수빈

붓을 닮아 쥐어보면 꿈틀거린다
이것이야 휙 긋자 칼처럼 나뉜 세상
예사 필치가 아니다

붓끝을 다시 본다
바람이 우듬지를 쓰다듬듯 부드러운 화필이라면
새순이 움트고 새 부리도 자랄 것 같다
옹이진 말이 깃을 펼치고
가지 위로 날아 물드는 하늘

곤히 날던 고니
천변에 내려앉는다
굽은 등, 나무 벤치에 그림자 진다

부응符應

박신영

3시 59분
신새벽을 노크하는 목탁 소리가 봉은사 도량에 스미고
세상을 깨우는 법고가 울리면, 그에 답하듯 열리는 하늘

오늘을 손꼽아 염원을 엮어
천도재에 가래떡 한 타래 올려드리니
어머니의 무병장수를 비나이다

맑은 청수에 그윽한 향 한 줄기
뜨듯한 마지가 열리고, 법사의 요령이 울리면
두 손에 모인 간절함이 추는 춤

부처님밖에 모르는 바보 여인
내 어머니의 천추만세를
명주실 한 타래 풀어 가래떡에 담아 올리니
영가님들 미소인 듯
법당은 금빛 보스라기로 일렁이네.

장수 사진

박 향

나를 안고 왔다
또 하나의 수선화 전설을 만들어도 좋을,

봄 여름 가을 겨울
꽃샘바람까지 숙성되어 있는 미소

희미한 얼룩을 찾아
다시 그리며
웃고 있다

불로장생을 꿈꾸며

언제인가
아들의 가슴에 안겨
먼 길 앞서가며 열어 줄

그때도 이렇게
웃고 있을까

돌뿌리

손정애

장난이었을까

돌의 자리에 이끼가 끼었다

무게만큼 벌어진 시간 속에는 인고의 하늘이 꽂혀 있었고

작은 나무의 고뇌는 돌을 이고 누웠으나

허락하지 않은 현재에 눌려 있었다

웬만하면~ 을 외치지만

수신자 없는 현실과 버거운 햇살이 내리쬐는 이끼 위에는

잔솔가지의 여운이 바람을 더듬고 있을 뿐이다

손바닥을 가려도

옷깃을 여며도

허공을 맴돌다 손안에 접어들어

냉혈의 몸으로 올라왔던 그 자리에서

자신을 버릴 만큼 버렸던 것을

차디찬 냉혹함 뒤에 얻어지는 것이라고 굵은 넋두리만 뿌린다

장갑 한 짝

승 한

눈길에 손목 하나 기어가네
한 손목은 어디 가고
한 손목만 기어가는가
종소리가 밀려오네
잃어버린 손목을 찾아서

엄마니까

신서영

어시장 한 귀퉁이
펼쳐놓은 좌판 위에 방금 건져온 바다가
신선하게 죽어간다

하늘 보고 나란히 누운 고등어 삼치 갈치
식구들 끼니가 모두 그 안에 있다

죽어있는 생선을 두고
"싱싱해요 들여가세요"
엄마의 말 절반은 거짓말이었다

비 오는 날이면
손톱 밑에 배인 비린내를 씻으려 빨래를 하던 엄마
축 처진 빨래처럼 마룻바닥에 눕곤 하셨다

아직도 새벽마다
짠내 묻은 신발을 신고 삐걱대는 무릎으로 궤짝을 끌며

시장으로 향하는 엄마

고등어의 푸른 등을 닮았다

길 위의 유세이

양윤선

나는 홀로 강을 따라 삼나무 숲으로 접어든다. 천지에 연초록 색깔이 넘쳐나고, 숲의 틈새로 들어온 햇살은 수목의 명암을 이리저리 울렁이게 한다. 바람 속에 섞인 숲의 향이 코끝을 간지럽힌다. 구불구불 얽힌 방황과 속박의 세계를 벗어나 곧은 길 하나 내어 걷는다면, 나도 고요한 해탈의 땅에 가닿으리라. 푸른 줄기와 가지로 물줄기가 번지며 싹이 돋고 새순 터지는 소리가 들린다. 길을 걷는 내 어깨 위로 잎이 피어나고 꽃들이 수줍게 입을 벌린다. 땅바닥 저 아래서부터 생기를 머금은 물이 흐른다. 오헨로의 숲은 여름으로 치닫고 있다.

— 단편소설, 「길 위의 유세이」 중에서

눈 내리는 밤

여동구

옷을 벗은 님들이
우리에게 다가오다

보여 주기 부끄러워
밤에만 내리는데

가로등 불빛 아래서
나에게 들켰다

생명을 탄생시키려면
옷을 벗어야 한다

눈송이도 옷을 벗고
이 밤에 사랑을 나누는데

우리는 왜 그 위에
흔적을 남기려 하는가?

그대가 주인
— 隨處作主

우정연

손톱만 한 꽃잎
한 장도 누울 자리를 보고 앉는다

세상이 분홍으로 만개하는 날
분홍과 하양 중간쯤의 나비 떼가 한나절
봄비로 쉴 자리를 찾아간다

물방울 머금은 바람으로 와
고개 한번 숨 한번 내쉴 수 있는 곳
그런 곳이라면 어디라도 괜찮아

하늘이 땅이 보이는 차창 유리쯤 내리고 싶어
흔들리는 사이로 분홍을 나누고
눈물처럼 흘러가겠지만

봄비 오는 날은 꽃잎 한 장도
머무르는 곳마다 주인이 되고 싶다

빈 바다

유병란

썰물이 진 자리에
고단한 몸 일렁이며 서 있는
고깃배 한 척

소금기 하얀 갑판 위로
어부들의 비릿한 옷들이 매달려
젖은 몸을 말리고 있다

어부와 함께 늙어간 고깃배가
갈매기 수다 소리 들으며
한쪽 몸을 기울인 채 졸고 있는 오후

조팝나무 흐드러진 꽃길을
너울너울 넘어가던
엄마의 꽃상여 같은 고깃배 한 척

만남

유준화

빗방울 하나가 유리창에 내려온다
빗방울 두 개가 유리창에 부딪친다
빗방울 일만 개가 유리창에 떨어진다
빗방울 운석들은 시공을 넘어와
유리창에 매달려서 눈물의 길을 내고
떨어진 것들은 바다로 간다
바다는 그리운 것들끼리 뭉쳐 몸부림친다
너와 내가 참! 못할 짓이다

서시序詩

유회숙

변하는 것은 소멸이며
소멸은 완성이다

존재의 슬픔이 아닐까

문득,
날것이 먹고 싶다
길들여지지 않은 야생의 언어

자음 한 접시
모음 한 접시

이 오래된 식욕
언어의 경계에 꽃의 지문을 쓴다

서시序詩
— 하늘과 바람과 별과 詩

윤동주

죽는 날까지 하늘을 우러러

한 점 부끄럼이 없기를,

잎새에 이는 바람에도

나는 괴로워했다.

별을 노래하는 마음으로

모든 죽어가는 것을 사랑해야지

그리고 나한테 주어진 길을

걸어가야겠다.

오늘밤에도 별이 바람에 스치운다.

천 개의 바람

윤소암

모진 세월에 살아남은 넋은
천 개의 바람이 되어
어둔 밤하늘을 밝힌다
하나의 살인검은 세상을 죽이고
천 개의 활인검은 세상을 살린다
먹구름이 하늘을 덮고
뇌성벽력이 치면
세찬 비바람이 몰아치는 날
세상은 적정 속으로 파묻히고
먹구름이 가시면 세상은
밝은 희망으로 광명천지
꽃은 피고 새가 우네

구경꾼

이 경

낙타를 빌려 타고 사막을 구경했다

하이데거를 빌려 타고 서양철학을 구경하듯이

발자국 하나 남기지 않고 명사산을 돌아 나왔다

갑론을박

꼬리에 머리를 부딪는 낙타 행렬을 뒤따르는데

사막이 말씀의 빗자루로 발자국들을 쓸어내고 있다

학문은 진리를 탐구한다지만 진리는

지식의 쓰레기 더미에 깔려 압사할 지경이다

사막은 깨끗이 쓸어 놓은 화선지를 발밑에 깔아주며

맨 처음의 발자국을 찍어보라 하신다

나의 다짐

이경란

백팔배로 마음을 토닥인다
부처의 마음을 내 속에 담아보려 애쓴다

하릴없이 미움이 들어올 때 애써 밀어내며
내 안에 고운 풀꽃 하나 심어두었다
반백 년 전부터 다듬은 이타심이
한순간에 무너져 내리는 꽃들이
함초롬히 앉은 풀꽃들의 한들거림을
염화미소라 불렀다
한마디 원망도 않고 닳은 마음이
아픈 삶의 날들을 견디게 하였다

지인들의 사연이 내 안을 휘젓고 나가면 그뿐,
마음은 늘 빈 깡통이어서
날카로운 마이너스가 측은함으로 메워졌다

내 마음이 공으로 채워진 것이 아니듯이

애처로움도 공으로 얻은 마음이 아닌데,

토닥이는 백팔배

비우고 비우는 나의 다짐이다

나는 술래야

이경숙

거미가 내려오는 어둑어둑 골목에

외발로 건너뛰는 잿빛 비둘기

골목길 어슬렁거리다 집 찾아 웅크린 길고양이

제 그림자 등에 업고 사라진 아이들 쫓아가는

백발의 노인, 물에 빠진 오이지처럼 쪼그라든 할머니

나는 빨간 구두를 손에 들고 터벅터벅 걷는다

이태원離泰院 골목을 헤집고 다녔어

어디 어디 숨었니

이제 그만 나오렴

집에 가야지

귀를 닮은 바람이 한차례 물러가고

눈보라가 치는데

맨발은 시려워

머리카락 안 보이게 꼭꼭 숨었니

집에 가야지

밤은 깊어가는데

집에 가야지

밀물

이민자

외발로 뻘배를 밀고 가는 여자
길이 없는 뻘밭에 길을 만든다
낙지 꼬막을 찾아 고무대야를 밀며
넓은 갯벌을 이리저리 옮겨 다닌다

재빠른 손놀림으로 낙지 숨구멍에
한쪽 어깨를 밀어 넣는 여자
뻘 속에 깊이 박혀도
익숙하게 빠져나온다

갯벌에 눌린 몸부림이 길기만 한 오후

이 뻘밭에는 집들이 숨어 있다
물이 들면 사라지는 수많은 집
물이 차오르기 전 여자는 물속의 집들을 찾아낸다

물밖에 집을 두고 물속에 들어가

끝내 나오지 않는 사람도 있었다

여자는 갯벌에 발자국을 찍고
서둘러 구멍을 빠져나온다
그녀를 따라오는 긴 발자국 뭍으로 올라온다

저 멀리서 뻘밭을 채우려고 밀물이 달려온다

가을 노을에 서면

이서연

단풍 빛 하나가 툭
내 안에 떨어진다

못 부친 엽서처럼
서성이다 지친 하루

마른 숨 쏟아내는 사이
침묵만이 스미어

달빛 옷

이석정

여름 한밤중 어둠 속 창을 열고 앉으면

마당이 별채다

별채가 안채다

한 꺼풀 미닫이문을 밀고 들어오는

베고니아다 난초다

따로 이름 붙일 일도 없다

모두 밤옷을 입으면

색동과 흑백이 따로 있지도 않다

검은 이불을 덮고 세계는

꽃이불로 잠이 든다

마음이라는 꽃 이파리는

꿈꿀 때만은 복잡해도

감감 밤중에 일어나 감감히 앉으면

하늘은 검고

별과 달빛은 각각 옥양목 두루마기처럼

희다.

3부

누에

이소율

잠실 서재에 앉아 책을 갉아 먹는다
씹고 씹어 초록 먹물이 들어 허물을 벗는 시간
허물을 벗는 제식은 활자를 지워 문맹이 되는 일이리라

한글 창제 이전으로 돌아가 뽕잎 활자를 더듬으며
누에알처럼 청빈해지는 담백한 뒤척임 끝에
활자를 습관처럼 갉아 먹는다
아직 미명인데 온몸에 새겨지는 실타래 무늬

두 잠, 석 잠, 넉 잠을 자고 나면
곱씹던 밑줄 친 문장은 다 지워져 투명하다
뉘엿뉘엿 섶을 타고 올라 고치를 짓는다

푸르도록 하얀 허공에 매달린 집
길이란 길 사라지고 문이란 문 흔적이 없다
막막한 발길도, 한 올의 슬픔도 들이밀…
무릎깍지 끼고 청청한 물에 잠긴 명주실을 자아올린다

주문을 외워 직녀와 접신해 비단 시詩를 짠다

꽃잎에 쓴 편지

이아영

손바닥에 내려앉은 소식
입춘에 내리는 눈은
꽃잎처럼 고운 모습

거제도 바닷가에 서서
물결로 흩어져 내리는 편지에
눈시울이 뜨거워지네

마음에 접어둔
반송된 편지처럼
눈송이 활자 바람이 흘깃 읽고 가네

가거대교를 지나면서 보는
가로등 불빛 아래 반짝이는 윤슬
잊지 못할 침묵의 소리

살바토레 아다모(Salvatore Adamo)의 노래처럼

가슴팍에 흩날리는 눈송이가

파도처럼 그리움을 밀어내네

마음의 바다

이육사

물새 발톱은 바다를 할퀴고
바다는 바람에 입김을 분다.
여기 바다의 은총이 잠자고 있다.

흰돛[白帆]은 바다를 칼질하고
바다는 하늘을 간질러본다.
여기 바다의 아량이 간직여 있다.

낡은 그물은 바다를 얽고
바다는 대륙을 푸른 보로 싼다.
여기 바다의 음모가 서리어 있다.

침묵을 읽는 입

이청화

말은
무엇이 여물어
떨어지는 열매인가
강사의 말에는
반딧불들이 반짝거리고
선사의 말에는
번갯불이 번쩍거린다
하늘의 달 하나
함께 볼지라도
經을 읽는 입에서는
반딧불이 나오고
침묵을 읽는 입에서는
번갯불이 나오는 것인가

경經

이형근

이천여 년을 다듬질한

온 누리의 詩들이 다 떠나니

텅 빈 그 자리에

새끼줄로 엮은 소소한 울타리를

거미가 집을 지켜 주네요

청보리의 꿈

이혜선

그때 네 등뒤로는 하늘 노랗게
장다리꽃 지천으로 피어 있었지

햇살보다 눈부신 사춘思春의 사랑들이
강물 건너 하늘강물
순은의 날개날개 날아올랐지

희망은 둥실 구름 앞서가고
등뒤 하늘은 열화같이 타올랐지

사랑은 앞산머리 푸른 이마로 손짓하고
수려한 강물은 숫처녀로 반짝였지
붉고 흰 자운영도 무리지어 피었지

그 노오란 봄날에
청보리이랑 물결칠 때
나비는 나비는 장다리장다리

종달이도 하늘 높이 날아올랐지

목청 높여 어우러져 노래하였지

11월

이희국

표지가 바랬다

찢어진 책장처럼
계절의 한 페이지가 너덜거리고

한순간 낙엽비로 쏟아져 내리더니
저마다의 가슴을 안은 채 바닥에 나뒹굴고

저 숲에서 누군가 눈물과 밀어를 태우고 있다

모카보다 진한
에스프레소 같은 그런 향내가
바람에 날리는 코트 자락에 묻어
어디론가 흩어진다

읽히지도 않고 사라지고 마는
무명 시인의 낡은 시집처럼.

향상일로

일 선

해마다 비단 장막을 드리운 듯
자비 화합
탐스러운 꽃을 피운
관음상 앞 자귀나무

아쉬운 듯 한 가지가
관음의 진상을 가려 베어버리니
파도 소리 일음에서 무음이라

크고 작은 고기들
흔적없이 사라지고
바다사자는 홀로 도량에 노닐고 있네

내 안에

임솔내

내 안에 사람을 들인다는 거

내 안에 그대라는 강물이 흐른다는 거

날마다 흐벅진 산山이 내 안에 자라고 있다는 거

'잘 살자' '잘 살자' 자꾸만 말 걸어온다는 거

홍건하고 아늑하고 아득하다는 거

산다는 건 견디기도 해야 하는 거

그대의 찬 손 내 안에 쥐면

떨어뜨릴 수도 없는 눈물이 고인다는 거

꺼내 보이기도 벅찬 내 마음

정갈한 삶 위에 곱다시 얹어 본다는 거

저 아련한 거처

내가 할 수 있는 위로가 없어

잊을 수도 놓을 수도 없어

나도 그럴꺼라는 거

허나, 그대라는 편질 읽으면 왜 이리 울어 지는가

원추리

임술랑

이 산길 홀로 걷다
만난 원추리
나와 그대 인연은
이런 것이네
지나가면 다시 못 볼 은하수 너머
밤마다 별들은 춤을 춘다네
상관이 있는 것을
상관이 없는 것을
무관無關한 소매 깃 스치고 나면
그대는 또 사물로
저만치 서고
별똥별 비틀비틀 낙하할 때에
이 길을 돌아 돌아
울며 간다네

감자 캐기

임완숙

밀짚모자에 목 긴 장화를 신고
호밋자루 손에 쥐고 감자밭에 든다.

수런대는 푸른 잎줄기 휘어잡고
봉긋한 흙 두덩을 조심스레 그으면
앗! 깜짝이야! 느닷없는 햇살 눈이 부셔
꺼만 흙 코에 묻힌 채 여기저기
수줍게 드러내는 하이얀 알몸
둥글 동글 크고 작은 순결한 웃음 덩이들
어둔 땅속에서
별빛으로 달빛으로 맑은 이슬로
포슬포슬 키워온 향그런 보물단지
두세 포기만 들춰도
금방 큰 소쿠리 가득 차오르는 웃음소리

대박! 로또다! 여치 한 마리
왁자한 소쿠리 속으로 냉큼 뛰어든다.

불영사

임현리

바위 부처님도 그 자리에 계시고
부처님 그림자 담은 연못도 그대로 있는데
내 마음에 그리운 불영사는 그림자뿐이다

산도 물도 그 자리 그곳인데
나지막한 너의 노래 사라진
너 없는 불영은 그림자뿐이다

그립던 옛 곳을 와도
걸음걸음 그리운 건 그 사람뿐이다

그 목소리 그 웃음 없는 쓸쓸한 불영에
저만치 앞서 걷던
그 노래 그 웃음

네가 없는 불영은 그림자뿐이다

단풍

장유정

처음에는 얼굴이 화끈거렸다.

쿵쾅쿵쾅 가슴이 뛰기도 했다.

입이 마르고 몸에선

가문 날들의 흔적처럼

허연 각질이 끼기 시작했다.

아마, 그때였는지도

훅! 하고 불같은 바람이 휙 지나가 버렸어.

뜨거움과 차가움의 차이를 알게 되었지.

가지의 혈맥들이 갈라져

내 살은 터져버린 것 같았다.

뼛속에 길을 막고 있는

그 무엇이 있다는 것을

가려움 같은 통증이 일기 시작했다.

까칠해진 얼굴은 푸석푸석 말랐다.

심호흡을 했다.

지독한 폐경을 앓고 있는 중

초파리와 춤을

장준분

난다
날리는 게 아니고
난다
나보다 억만분의 일 몸뚱이다
내가 어찌할 수 있다

손뼉춤을 춘다
빠르게
빠르게
더
빠르게

텅 빈 무대가 낳은 지혜
기다림

몸을 정지하고

단 한 번의 춤사위

어찌했다.

가을 살 수 없나요

전성재

이번엔 꼭 이쁜
가을 사렵니다

작년 이맘때 풍요로움과
아름다움이 그저 절정이었지요

해마다 오는 게
넘치지도 부족하지도 않은 게
그저 그만이었지요

꼭 보듬어
햇살 드는 창가 서랍 속에
가지런히 놓아둘래요

힘들 때나 슬플 때나 몰래 꺼내
가을 속으로 숨어도 볼래요

노랑 빨강 가을 손님과

입맞춤도 할래요

여보세요

이번엔 꼭 이쁜 가을을

사고 싶어요.

레드퀸 효과(RED QUEEN EFFECT)

전인식

나 잡아봐라 나 잡아봐라

영양은 사자에게 달리기를 가르쳤다

사자는 영양에게 더 빨리 달리는 법을 가르쳤다

별이 빛나는 밤마다

따라잡기 위해, 따라잡히지 않기 위해

서로는 서로에게 달리기를 가르쳐주고 배웠다

사자는 영양에게 지그재그 주법을

영양은 사자에게 매복과 기습전략을

달빛 부서지는 밤마다

온힘 다해 뛰지 않으면 내일은 없다

아름다운 사바나에 머물기 위해서는 두 배로 뛰어야한다

살기 위해 서로는 서로에게

달리기를 가르치고 달리기를 배운다

오늘도 우리는 건기 우기 가리지 않고

밤낮없이 뛰고 달려야 한다

너는 세렝게티 평원에서

나는 도시 기슭에서

고목의 가계

정금윤

춘향이가 놀던 광한루
누구든지 들어오라는 듯
어미 나무들 가지를 벌리고 섰다

굵은 밑기둥에서 갈라지며
마련된 방 같지 않은 방
담보다 높으니 바람이나 지나련만

버젓이 초록 잎 식물들
큰 나무에 뿌리를 박고
한 몸처럼 자라고 있다

잎 모양도
잎 나기도 다르니
서로는 아주 먼 촌수

보듬기만 해도

모든 일 다 풀 수 있다는데

생판 남을 가슴에 담아 키우다니

품다, 비어있으나

정복선

지나가는 뱀도 모르게,
번개 우레, 소리개의 눈빛도 빗나가게,

삼색조팝나무 쥐똥나무 비비추 개나리가 어우러진
은신처, 십만 광년의 빛과 어둠을 날줄 씨줄로 엮어
새 둥지 한 채 지어놓았다

저리 애지중지 품었던 시간의 한 소절
소설이지만 시가 촘촘히 박힌 화관花冠이고
오아시스에 들끓는 초목이다

아으, 비어있으나 흘러넘치는, 어두우나 가득한
모든 우주에서 온 별자리들

여권 사진

정영선

유효기간 십 년을 재발급 받았다

현 여권 사진 속에는
목련꽃 한 송이가 화사한데
새 여권 사진은
서리 맞은 국화 같은 우리 큰언니 같다 아니,
띠동갑 구절초 같은 둘째 언니 같다

가만 생각하니
십 년 후 나는
또 새로운 여권을 만들 것이고

그 새 여권 속에는
늙수그레한 언니들 대신
할미꽃 같은 더 늙은 어머니가
우울하게 앉아있을 것만 같다

허수아비

조오현

새떼가 날아가도 손 흔들어주고
사람이 지나가도 손 흔들어주고
남의 논일을 하면서 웃고 있는 허수아비

풍년이 드는 해나 흉년이 드는 해나
-논두렁 밟고 서면-
내 것이거나 남의 것이거나
-가을 들 바라보면-
가진 것 하나 없어도 나도 웃는 허수아비

사람들은 날더러 허수아비라 말하지만
저 멀리 바라보고 두 팔 쫙 벌리면
모든 것 하늘까지도 한 발 안에 다 들어오는 것을

4부

구름문양청자햇무리다완

주경림

초가을 이른 아침,
하늘 한 자락이 쑤욱 머릿속으로 들어왔다
어두운 두개골 속으로
새털 구름조각도 요리조리 따라 흘러왔다
오래전에 닫혔던
정수리의 숫구멍이 다시 열린 것일까
찰랑찰랑 담긴 하늘이 쏟아질라
한동안 움직이지 않고 서 있었다
동쪽하늘에서 막 피어오른 햇귀가 달려와
빛살 한 가닥을 꿰어
숫구멍을 재빨리 시침질해주었다
하늘을 담은 구름문양청자햇무리다완
새 이름을 얻었다

분홍의 소음과 문장뿐인

진 란

아흔 아홉날을 갈구하고도

못 채운 것이 있으니

붉은 자시문 앞 분홍, 분홍바람

일렁일 적에 내 귀 잠시 멀고

그 소음 속에서 멀미를 하고

늙은 등걸에 덧니 같은 뾰루지도 꽃빛

두 눈 부릅뜨고 숨겨진 행간 찾으려

어디를 향하나 만첩홍매여

천년의 돌담을 기대어 생각하면

오만 촉수가 자라나던 옛 문장만 피어서

따뜻한 바람 한 줄기 지날 때

누군가의 눈물

누군가의 완곡한 악수

누군가의 간절한 바람

기다리고 또 기다리고 오랜 동안

문장은 완성되지 않았으니

그대역

채 들

후드득, 꽃 지나가고
손 흔들며 단풍 지나가듯

소문처럼 그대 떠난 그날 이후로

가로수에 소복이 내려앉은 눈이
그대 환한 미소 같아서

계곡물 녹아 흐르는 소리
그대 목소리 같아서

양지꽃에 내려앉은 봄 햇살이
그대 온기 같아서

그대역 지나는 차창에
가만히 손 가져 댄다오

어디에도 없으나

어디에나 있는 그대

가시연꽃

천도화

아침에 피어나는 가시연꽃
보이는 것만이 전부가 아니다
물밑에 숨겨둔 가시가 촘촘히 날을 세우고
연못은 늘 긴장한다

넓은 잎사귀 위에서도 유영하지 못하는
애호랑나비, 진주알 같은 눈
사나운 가시를 피해 또 다른 풀잎 위에 알을 낳고
연한 잎을 갉아 먹고 부화한다

수련 잎사귀 아래
방수된 몸을 웅크리며 긴 다리로 사뿐히 걷는다
눈에 잘 띄지 않는 총총걸음으로 나풀대며
물에 젖지 않는 가벼운 바람결
진흙 속에서도
가시연 등불이 연못을 환하게 밝히고 있다

눈빛

천지경

한 달 남짓 본다는
의사의 선언

비대면 면회 중에
마주친 깊은 눈의 어머니

이제 그만 제발 가고 싶구나

가실 채비도 마쳤고
보낼 마음도 단단해졌지만

너무 여위어버린
서로를 궁휼히 여기는 눈빛

보리암 가는 길

최대승

보리암 오르는 길이 무거운 것은
짊어진 짐이 수천 겹은 되는 까닭이리라
가벼운 줄 알았던 흔적이 업으로 쌓여
숨이 차고 가슴이 저리는 것이리라

끝없는 반추와 반추
사유의 끝은 어디던가
쉬는 듯 걷는 듯
보리암 천장지구天長地久 나는 간다

시작이 어디인지 모르고 끝이 어딘지 모르는
어떻게 흘러왔는지 모르는 불가분의 빛무리
산과 하늘과 바다의 무한경
묵언의 합장에 이르면 검은 새 날아오르고

해원을 향해 미소 짓는 해수관음보살
불계가 따로 있고 선계가 따로 있던가
오늘은 혼자라도 나는 좋으리니

잠시 멈추어 서서

최법매

온종일 있어도
입에서는 구린내만 나네

천년쯤 됨직한
소나무
농치듯

청솔밭 강바람만이 양쪽 볼을 스치네

삼성각 돌계단의 꽁지 없는 애기 다람쥐
먼눈에 먹이를 뺏기고 둘레둘레
좌, 우로 눈망울만 위, 아래로 바쁘네

뚜
루
루
아침목탁 소리

반갑다 도반들 소리에

뱃속의 소리마다 깨소금이 짜르르

여름 한낮의 꿈

최화영

벤치에 누워 있는 한 남자

폐타이어 같은 등줄기에 땀이 맺히고
들숨과 날숨이 갈빗대 사이를 오르내릴 때마다
삐걱거리는 신음이 새어 나온다

등나무에 피로를 걸쳐 놓고
반쪽짜리 그늘에 몸을 누인 한낮

땡볕은 그마저 호사라고 걷어버리고

그는 남루해진 의지를 붙잡고 리어카에 담긴
몇 개의 공병과 바닥에 깔린 파지로 항변한다

아내의 약 봉투가 속을 비어가고,
어린 자식들의 밥그릇 떨그럭거리는 소리가
땡볕 매미 우는 소리처럼 귓바퀴를 맴돌면

공복을 느끼는 그림자 밟으며

구겨진 담배꽁초를 주워 물고

연기를 길게 내뱉는다

먼발치에서 그를 가로질러 기어가는

홀쭉한 길고양이 한 마리

돌을 매단 듯 더딘 걸음이 후미진 뒷골목 속에 잠긴다

순천만 오후

하순명

바람이 글을 읽는다

주황으로 잘 익은 오후 네 시

사방 가득 꽃잎처럼 펼쳐진 노을을 데리고

진종일 목말랐던 개펄이 목을 축이는 시간

제 몸 가누지 못하는 갈대를 껴안고

빈 가슴을 쓰다듬는 소리

광활한 개펄 위로 도요새 청둥오리 날갯짓

한 페이지의 화첩을 펄럭이며

바람의 집 갈밭으로

순천만 오후가 출렁이며 지나간다

산길

한명희

발길이 뜸했던 산을 오르니
무성한 숲이 길을 막는다

숨어버린 길을 두고 내려올 때
문득 떠오르는 얼굴들

숲길을 따라 걷던
어디선가 들려오는 빈 발자국엔
산새울음만이 왁자하다

발길 닿지 않는 사이에
오가던 길이 묻혀 버렸다

자주 오가지 못하니
숲이 되어 버린 사람아

산도 발길이 닿지 않으면 길을 지운다

산모퉁이 돌아 나오는데

구불구불 안 보이던 길 하나가

자꾸 나를 따라온다

겨울 아침

한성근

아스라하게 굽이쳐 내린 새하얀 세상
바람결 같은 간밤의 꿈속에서
소리 없는 도둑눈이 왔다 갔나 보다

살아 숨 쉬는 모든 것들의 때 절은 모습
보일 듯 말 듯 감추려고
저토록 밤을 지새워 내렸는가 보다

삶의 마디마다 어지러이 얽히고설킨
온갖 가지 곤두세운 마음
한 움큼씩 두 손에 담아
머물다 떠난 발자국 위로 뿌려 보리라

꽃이 먼저 알아

한용운

옛집을 떠나서 다른 시골에 봄을 만났습니다.
꿈은 이따금 봄바람을 따라서 아득한 옛터에 이릅니다.
지팡이는 푸르고 풀빛에 묻혀서 그림자와 서로 따릅니다.

길가에서 이름도 모르는 꽃을 보고서 행여 근심을 잊을까
하고 앉았습니다.
꽃송이에는 아침이슬이 아직 마르지 아니한가 하였더니
아아, 나의 눈물이 떨어진 줄이야 꽃이 먼저 알았습니다.

봉산산방

한이나

봉산산방 뜨락에 피어있는 모란
붉은 마음 한 자락을 만나는 일
흰 나비 한 마리로 돌아오신
그분의 떠난 말씀을 보는 일
늙은 소나무에 한껏 피운 송화를 바라보며
마음속에 고운 눈썹 심어보는 일

나비 한 마리,
머물러 끝까지 자리를 지킨다

산으로 간 고래

해 강

내 조상은 물이 그리워
네 발로 걸어 강으로 와 "허부적" 수영을 배웠어

꽤 오랜 세월이 흘렀지

강이 좁아 바다로 흘러들어
세상 어디든 갈 수는 있었지만
물속은 숨이 막혀,
하늘이 보고파 바다 위로 뛰어오르다가
먼 산에서 나를 보고 있는 나무를 보았어

날개도 없는 나무가 물속 깊이 들어와
이젠 오래되어 보이지도 않는 내 발을 문지르며
"이젠 걸어봐" 말했어

걸을 수 있을까?

뒤뚱거리며 조상이 살던 곳
산으로 갔어
별이 가까운 높은 곳으로
아주 높은 곳으로 향하여

멀리
바다가 보여
많은 친구들이 그립긴 하지만
새로 생긴 발을 보았어
헤엄 대신 걸어야 해

뒤뚱, 뒤뚱
큰 나무 밑에 앉아 지나온 삶을 생각했어
난 너무 숨이 쉬고 싶었나봐
별이 뜨는 하늘이 그립기도 했지만,

홍진사에게

허정법종

문 앞의 길에서 그대를 보내나니

지는 꽃잎 쓸지를 않네

봄바람 그 심정 알고

개울가 풀잎을 흩으며 가네.

터널의 시간

허정열

출구가 사라졌다
어느 날 갑자기 막혀버린 아버지의 동굴
진통제를 여러 번 털어 넣곤 했다

바람의 입질도 생략된 통로
큰소리로 여섯 자식들 떠먹이던 밥숟가락이 힘없이 휘
어지고
음습한 소문만 무럭무럭 울음을 키웠다

빛이 바닥을 치고 주저앉았을 때야
동굴의 속살까지 검다는 것을 알았다

안전등을 켜도 앞이 보이지 않았다
다른 출구를 찾기 위해
병상에 묶여 인공으로 길을 만들었다

통로가 무릎을 세우기도 전에

검푸른 시간의 깊은 상처는 온몸으로 번졌다

삶의 계단을 오르던 혈관
어쩌다 마주친 희미한 빛마저 어지러워
맨발로 지탱한 몸 휘청인다

탁발

현 중

지식을 터득해야
지혜의 밥을 먹고 살아갈 수 있지
엄숙한 의식에 묻어나는 사회규범

한 줄의 경전 속에 녹아내린 대중 구원의 길
이기와 오만에 경종을 울리며
세상의 번뇌를 어루만지네

발우 안에 담겨진 색깔 다른 밥의 그늘에서
빈부의 차이와 생활상이 그대로 펼쳐져
대중의 달고 쓴 희비喜悲가 읽혀지고
불교의 역사관은 시작되었네

풍토와 인습의 세상이 바뀌고 문화와 관습으로
받아들던 생활도 바뀌고 일의일발一衣一鉢 정신은
먼 나라 남방의 풍속

민머리 수행은 개인 성불일지라도

사회 전체의 몫이라 범종 소리 울려 퍼지듯

자비를 울려 열반을 보리라

고뇌의 현장에서 나와 마주 앉아

세상의 청정함을 바라보네

귀가

홍숙영

헛배 부른 항아리, 바람과 내통하며
요령껏 담아 놓은 소식만 한 단지다
비 한 번 다녀가자
하늘 쑥쑥 밀어올리며
시퍼렇게 솟아나는 정구지
잡초들 틈에 흥을 돋우는 추임새처럼
기죽지 않고 살아 나온 첫물이다
장독대 가장자리에 동의나물
담벼락에 붙어 목청을 다듬는 소리쟁이
빈집은 아니었다고
군데군데 숨어 있던 나의 처음들이
고개를 내밀기 시작한다
돌아온 자리, 조금 바빠지려는 순간
기다려준 환한 것들 몇 개가
나를 놓아주지 않는다

검은 점 빼내기

홍의선

얼굴에 검은 점들
보기 싫어
피부과에 가서 빼냈다

재생밴드 붙이고
후시딘 선크림 바르며
여러 날 애쓰며 관리했더니
전보다 훨씬 깨끗해진
맑은 얼굴이 되었다

살아오면서 생긴 마음속 검은 점들
까만 응어리로 맺힐까 두려워
말끔히 빼내고 싶다

갖가지 사연이 깃든 검은 점들
헤아리며 다독이고
훈훈히 어루만지며 녹여서
맑은 마음이 되고 싶다

바지랑대의 하루

황정산

젖은 것들을 붙잡고도
슬프지 않았다
외줄 위에는 이슬도 쉬이 말랐다

죽은 아이의 머리칼을 물고
물길을 헤집어도
노엽지 않았다
물속에 길은 없었다

날개 가진 것들이 찾아오지만
잠시였다 그림자도 남기지 않았다
붉은 노을은 더 짧게 지나갔다

이제 하늘을 잴 시간이야
내가 쓰러지면 모두가 힘들어
말씀하시고 어머니는 누우셨다
누워서도 길었다

불교문예작가회 사화집 006

종소리가 밀려오네

초판 1쇄 발행   2024년 10월 20일

지은이   문혜관 외
발행인   문병구
편 집   구름나무
디자인   쏠트라인
펴낸곳   불교문예출판부

등록번호   제312-2005-000016호(2005년 6월 27일
주   소   03656 서울시 서대문구 가좌로2길 50
전화번호   02) 308-9520
전자우편   bulmoonye@hanmail.net

ISBN   978-89-97276-79-0 03810
값   12,000원